AUTO DO CARÃO
FOLGUEDO DAS CIRANDAS AMAZÔNICAS

Catalogação na Fonte
Elaborado por: Josefina A. S. Guedes
Bibliotecária CRB 9/870

C972a
2024

Cunha, Jean Batista da
Auto do Carão: folguedo das cirandas Amazônicas / Jean Batista da Cunha. – 1. ed. – Curitiba: Appris, 2024.
36 p. : il. color. ; 16 cm.

Ilustrações: Misso Avancine.
ISBN 978-65-250-6174-0

1. Carão. 2. Folguedo. 3. Cirandas Amazônicas. 4. Guardião. I. Cunha, Jean Batista da. II. Título.

CDD – 028.5

Appris editora

Editora e Livraria Appris Ltda.
Av. Manoel Ribas, 2265 – Mercês
Curitiba/PR – CEP: 80810-002
Tel. (41) 3156 - 4731
www.editoraappris.com.br

Printed in Brazil
Impresso no Brasil

FICHA TÉCNICA

Jean Batista da Cunha

Auto do Carão
Folguedo das Cirandas Amazônicas

Curitiba, PR
2024

Dedico esta obra à minha esposa, Ana Melina Figueiredo, aos meus familiares e, de modo particular, à pessoa que me apresentou as cirandas amazônicas, meu saudoso irmão Genildo Batista da Cunha, cirandeiro apaixonado pela dança.

Em uma vila do distrito de Nogueira, próximo ao município de Tefé, no estado do Amazonas, havia um grupo de pessoas que escolheram a Floresta Amazônica como lar. A vila ficava à beira do rio, repleta de lagos. Seus moradores eram um tanto inusitados.

Seu Manelinho, um caboclo pernambucano, era um pescador desses lagos e rios. Ele gostava de contar sobre suas andanças e de tudo o que via ao longo das viagens. Algumas pessoas acreditavam que a maioria dessas histórias eram inventadas por ele.

Outra moradora da vila era a Mãe Benta, uma baiana que trouxe as experiências como doceira e cozinheira. Era considerada a melhor da região. Valentim, mais conhecido como Galo Bonito, era um jovem metido a charmoso, galanteador com as mocinhas da vila.

Constância era uma debutante muito bela, de família nobre vinda na cidade de Tefé. Seu Honorato era um descendente indígena famoso na região por fazer medicamentos com ervas medicinais, conhecido como curandeiro ou como chamam popularmente de "rezador".

Nessa região, é muito comum a presença de uma ave negra, da família das garças, chamada CARÃO. Muito apreciada pelo choro dramático, a ave é muito estimada e protegida pelos moradores da vila.

Um certo dia, estava a Mãe Benta em seu quiosque vendendo suas guloseimas, quando apareceu um homem muito estranho por lá puxando prosa:

– Bom dia, senhora!

– Bom dia, seu moço!

– Eu vi um pássaro bonito pelos lagos da região.

– E como era ele?

– Parecia uma garça, só que preta, pernas longas e com um canto sofrido.

– Ah! Deve ser o Carão!

– Carão? – perguntou o homem.

– Sim! Toda manhã ele avisa quando o Sol está nascendo. A vila inteira ama aquele pássaro.

– E como faz para engordar esse carão?

– Bom, ele gosta de comer o caramujo uruá na beira dos lagos. Eu sempre dou a ele azeite de coco verde e gordura de camarão.

– Hum! Entendi!

Mãe Benta começou a desconfiar das intenções daquele homem:

– Mas escute, por que seu interesse?

– Hã?! Nada não. Vou indo! Inté! – despediu-se o homem e saiu do quiosque de Mãe Benta.

Neste momento, chega o jovem Valentim:

– Bom dia, Mãe Benta!

– Bom dia, Valentim! Você conhece aquele moço que saiu daqui agorinha?

– Não, por quê?

– Sujeito estranho! Perguntou sobre o nosso carão!

– Não deve ser nada. Tou preocupado... preocupado não, apaixonado! – suspirou Valentim.

– Por quem já, menino?

A pergunta de Mãe Benta saiu bem quando Constância entrava no quiosque:

– Oi, Mãe Benta! A senhora tem pudim?

– Tem sim, minha filha.

– Apaixonado por ela! – respondeu Valentim.

– Vixe... Deus me livre! Sou moça pra casar e não quero esse galinho que mexe com todas as franguinhas da vila. Tchau! – após a resposta, Constância pegou o pratinho com o doce e saiu.

Mãe Benta deu uma gargalhada tão forte, não se segurando ao ouvir aquela declaração de Valentim:

– Ai, ai, Valentim! E como isso foi acontecer com você?

– Não sei! Eu estava dando uma volta na praça, acho que o cupido me flechou quando ela passava... a Constância estava tão radiante!!!

De longe se ouviam uns assobios de Seu Manelinho, que retornava de mais uma manhã de pesca:

– Diiia, Mãe Benta! A sinhora tem um cafézim?

– Bom dia, Seu Manelinho! Quais as novidades?

– Onti eu pesquei um tucunaré[1] bem purrudão[2]. Se eu me alesasse[3], ele me arrastava com canoa e tudo!

– Bom dia, Mãe Benta! – chegava também Seu Honorato.

– Olá, Seu Honorato! Tudo bem?

– Não tanto! Estou com maus pressentimentos, meio angustiado.

[1]Espécie de peixe comum nos rios amazônicos, conhecido na pesca esportiva por sua força; [2]Grance porte, desproporcional ao tamanho da espécie de peixe; [3]Alesar-se: não prestar atenção, ficar distraído.

– Xiii! Deixa-me contar a vocês! Hoje de manhã apareceu um moço muito do estranho por aqui, perguntando pelo nosso carão.

– Ai, meu padim! E o que ele queria? – perguntou Seu Manelinho, meio assustado.

– Queria saber o que o carão come...

– Será que era isso que eu tava prevendo? Olha quem apareceu, o carão.

Todos avistaram o carão passeando pela vila. Então, Seu Honorato alertou a todos:

– É bom ficar de olho em nosso bichinho!

– Verdade! – concordou Seu Manelinho – tá bom, deixa eu ir. Inté! Vou já pegar minha canoa. Tchau!

E assim, Seu Manelinho saiu, pegou sua canoa e foi pescar no lago próximo da vila.

Já era tarde, Seu Manelinho estava concentrado na pesca, quando percebeu algo diferente. Havia um caçador à espreita de sua caça com uma espingarda. Seu Manelinho observava tudo aquilo quando, de repente, notou que a vítima era o pássaro carão.

Então, dizia o caçador:

– Agora te pego, bichão!

O caçador deu um tiro sem dó na ave, que caiu desacordada.
Ao ver tudo aquilo, Seu Manelinho gritou:

– Pelamor de Deus! O que tu feiz, rapá?

Seu Manelinho pôs-se a remar às pressas, tentando voltar à vila. O caçador, quando viu a agonia de Seu Manelinho, desesperou-se com medo de que fosse denunciado às autoridades policiais da vila e começou a correr e a gritar, tentando chegar antes de Seu Manelinho:

– Espera, macho, espera!

Tempo depois, Seu Manelinho chegou ao quiosque de Mãe Benta aos prantos:

– Mãe Benta, Mãe Benta! – gritava Seu Manelinho.

– O que foi? Viu alguma marmota?

– Mataram o carããããão!!

Seu Manelinho gritou tão alto que Valentim e Constância foram ao seu encontro.

Constância se desesperou com a notícia:

– Não, isso não é verdade!

– E como isso aconteceu? – perguntou Valentim. Seu Manelinho, em meio a choro, respondeu:

– Tava eu pescando um pirarucu com um tamanho da minha palhoça, quando um caçador deu um tiro nele. Dei um grito tão alto que ele começou a atirar em mim!

Todos ficaram abatidos com a triste notícia. Mãe Benta, em meio às lágrimas, tomou uma decisão:

– Bora procurar Seu Policial de Ronda!

Quando acabava de falar, o caçador chegou à vila gritando:

– Não, não chamem o policial... não façam isso!

Mãe Benta logo reconheceu o jovem que se aproximava.

– Era ele, o homem que perguntou pelo carão! Cabra ruim, merece ir pra cadeia!

Indignada, gritou Constância:

– Mas você matou nosso carão! Seu monstro!

Assustado, falou o jovem caçador:

– Me perdoem, não queria causar tanta dor a vocês, mas é como eu sobrevivo. Não posso morrer de fome!

Valentim tomou a palavra:

– Tinha que ser o carão? Você podia ir pescar...

– Não sei pescar... mas como posso reparar meu erro?

– Na cadeia! – todos gritaram.

– Não! Alguém tem que me ajudar, por favor!

Tentando conter sua ira contra o caçador, Mãe Benta disse:

– Valentim, vai chamar Seu Honorato! Seu Manelinho, vá com o caçador e traga o carão para cá.

– Sim, senhora! – saiu correndo Valentim.

Passadas algumas horas, os dois chegaram com o carão. Em seguida, veio Valentim com Seu Honorato:

– Afastem-se todos! – gritou Seu Honorato.

Ao analisar a ave, Seu Honorato notou que ela estava apenas ferida. Contudo, encontrou a oportunidade de castigar o caçador.

– A ave está morta! Chamem a polícia!

Todos gritavam e choravam:

– Não!

– Não chamem a Polícia, por favor! Eu Imploro! – pedia o caçador.

Seu Honorato deu uma gargalhada, pegou algumas ervas medicinais e começou a fazer o curativo na ave.

– O carão está vivo! Só está um pouco ferido, mas foi por pouco!

Nesse instante, o carão deu um grito e todos se alegraram com o que viram.

Então, a ave começou a cantar.

– Mais uma vez peço perdão! – implorava o caçador.

Reza a história que o Cupido apareceu na vila e, percebendo que todos estavam com raiva do caçador, começou a flechar seus corações, semeando assim o perdão. A Mãe Benta foi a primeira a ir ao encontro do caçador e começou a cantar pela vida do carão:

Ciranda, ô, ciranda! Vamos todos cirandar! (bis)

Vamos dar a meia volta, volta e meia, vamos dar!

Vamos dar a mais e meia, cada qual **pegue** seu par!

Boa noite, meus senhores! Boa noite, autoridades! (bis)

Todos nós vos desejamos saúde e felicidade! (bis)

Ciranda, ô, ciranda! Vamos todos cirandar! (bis)

Vamos dar a meia volta, volta e meia, vamos dar!

Vamos dar a mais e meia, cada qual **largue** seu par!

Todos formaram uma roda e começaram a dançar e a cantar em uma só voz, fazendo a maior festa. E assim a floresta toda passou a celebrar a história da ave mais sortuda e mais querida, podemos assim dizer. Alguns dizem que até hoje, na mesma vila, seus moradores comemoram o dia em que o carão ressuscitou e que o amor prevaleceu.

Sobre o autor!

Jean Batista da Cunha é professor e pedagogo das redes públicas, na cidade de Manaus e do estado do Amazonas. É especialista em Gestão Escolar e mestre em Estudos Culturais. Faz parte do grupo de pesquisa Laboratório Interdisciplinar de Estudos Culturais pela UFMS e dedica-se a estudar sobre as identidades dos povos amazônidas e as manifestações culturais do Amazonas.

Sobre o ilustrador!

Misso Avancine é ilustrador profissional desde 2005, com trabalhos selecionados e premiados entre os principais concursos de humor gráfico do Brasil e também do Irã e Portugal.

Sua carreira profissional começa no jornal "O Liberal" de Americana, São Paulo, onde trabalhou como ilustrador editorial por 2 anos. Atuou também como designer gráfico especializado em tablóides para redes de supermercados e lojas de varejo, e na área têxtil, criando e desenvolvendo ilustrações para impressão rotativa e digital.

Seus projetos atuais incluem ilustrações para literatura infantil, embalagens, publicidade, editorial e empresas (recursos humanos).